作者 野上晓

　　生于 1943 年。评论家、作家。曾担任白百合女子大学儿童文化专业讲师、东京成德大学儿童研究专业讲师。日本儿童文学学会会员、国际文艺家协会日本分会会员。代表作有《和孩子一起玩耍》《日本现代儿童文学》《当代儿童现状》《儿童学的起源》等。

作者 田中正彦

　　生于 1953 年。儿童文学作家。创办了网站"儿童文学书评"。作品《搬家》获椋鸠十儿童文学奖,《对不起》获产经儿童出版文化奖并被拍成电影。其他作品有《年历》《针对成年人的儿童文学讲座》等。

绘者 吉竹伸介

　　1973 年生于日本神奈川县茅之崎市。毕业于筑波大学研究生院综合造型专业。在从事广告设计、造型制作的同时,还创作描绘日常生活的速写作品。作品有《没有盖子》《果然是今天啊》《那好,我喜欢你》等。插画作品曾刊登于《文春周刊》等杂志和《朝日新闻》等报纸。

长大的

烦恼▶

〔日〕吉竹伸介 绘

林 静 译

〔日〕野上晓 〔日〕田中正彦 著

北京科学技术出版社

100层童书馆

别光在家里打游戏，你也去外面玩玩。

别光在外面玩，你也回家学习学习。

你也读读漫画书以外的书。

别老看书，眼睛会变坏的。

大人真狡猾！

他们明明说过"自己不愿意做的事情也不要强加给别人"的！

这也不吃，那也不吃，会长不高的！

吃太多会变胖的！

你怎么买这么多没用的东西呢！

再不听话，就扣你的零花钱！

你还是个孩子，早点儿去睡觉。

你已经不是小孩子了，要早点儿起床。

不要在家里跑来跑去！

不要整天无所事事！

虽然我明白大人想说的话，不过他们说话的方式实在让人恼火。

总觉得大人不擅长和小孩子说话！

其实，大人不是在唠叨，他们是在担心你。

因为大人曾经都是孩子，
所以他们就自以为很了解你的心理。

亏你还是个孩子！

亏你还是个大人！

真的吗？

唉……

你在什么时候会意识到自己是个孩子呢?

未成年人
禁止入内

快点儿
去睡觉!

过山车

要全部
吃光!

这可不是
给孩子玩
的游戏!

怎么好像都是一些让人懊恼的事情呢?
那么,
你想早点儿成为大人吗?

马上"变成大人"是不可能的。

当大人真好啊……

是啊。
身体和心灵需要不断成长，
孩子只能慢慢地变成大人吧。

当孩子真好啊……

孩子可以变成大人。

每人一次

大人却变不回孩子了。

你还记得小时候的事情吗?

第一次走路,

第一次一个人去卫生间。

"第一次"让人很紧张,

"第一次"也让人很兴奋。

还有很多你记不得的"第一次",

周围的人应该都记得。

大人会让你和他一起看你小时候的录像。
大人都笑了。

你真的曾经是
个孩子吗？

你不相信吧。

这个嘛……

我也会变成
爸爸这样吗？

最好还是
不要吧。

奶奶笑着说：
"你和爸爸小时候长得一模一样。"
妈妈微笑着看着爸爸说：
"哦，是吗？"

9

大人也有像孩子的时候。

你的"第一次"

也会让他想起自己的"第一次"。

每当这时，

他都会不由自主地高兴起来。

其实大人也有很多
"第一次"呢。

咦？！

真的吗？

也有大人会把很多想法和要求强加给孩子。

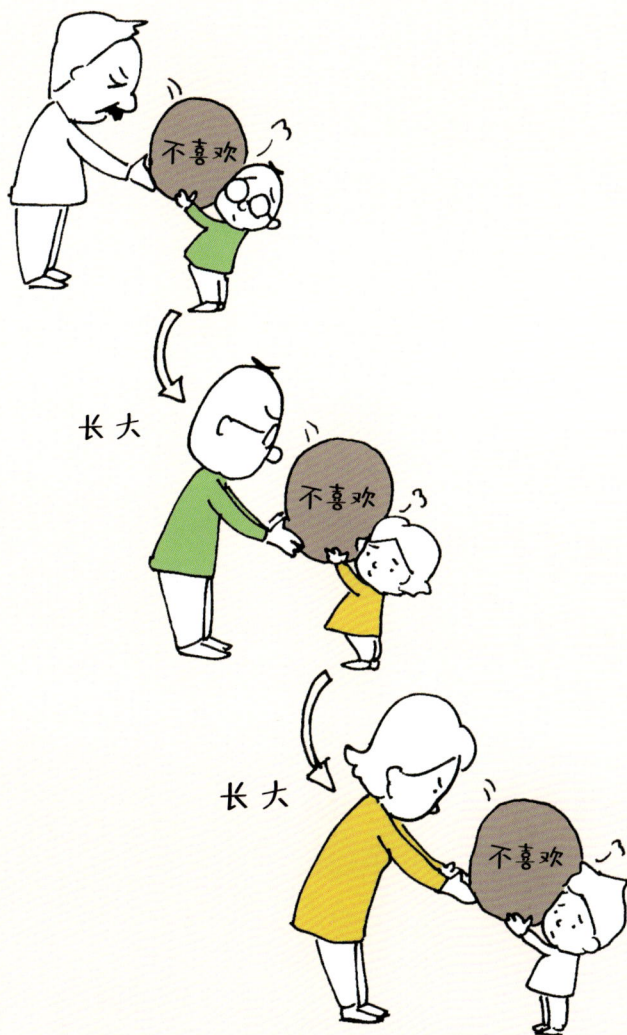

不喜欢

长大

不喜欢

长大

不喜欢

也许因为大人自己在小时候曾经被那样对待过，

所以就会盲目地认为

这样做是大人的责任。

你喜欢玩吗?

其实大人也特别喜欢玩。

玩起来的时候，时间过得可快了。

你会想："要是能玩一整天就好了！"

大人不是经常说，
不好好学习的话，长大以后就麻烦了。

"必须去学校学习吗？"

如果不做讨厌的
事情，就不知道
什么是喜欢的事
情了。

可以练习把不快
乐的事情变成快
乐的事情嘛。

学习是为了长大以
后找工作的时候能
有更多的选择。

每天光是玩的话，
也会厌倦的吧。

这就是孩子的
工作呀。

我小时候就是这
么做的，所以你
也得这么做。

好吧……

为什么我会觉得打游戏、看电视
很有意思，学习却很无聊呢？

是因为老师教的方法不对呢，
还是因为我学习的方法不对呢？

其实学习就像打游戏一样
让人着迷。
学的越多，
不懂的东西就会越多。
解开一个谜团，
又会出现新的谜团。

早点儿睡觉！

不要！

我还想
再学一
会儿！

今天放学后
一起学习吧！

好啊！

开心！
开心！

绝对不是这样的！

你感觉学习无聊，是因为大人只教了规则。

足球也好，棒球也好，

不试一试就不会觉得有意思。

只有在运用学到的知识时，

才会觉得学习这件事有意思。

头球就是用头
去顶球……

不就是这样嘛！

那么，你打算怎么运用你学到的知识呢？

你心中一定有很多 "为什么" 吧。

为什么那个老师的发型怪怪的呢?

人为什么活着?

为什么不能无所顾忌地表达内心的想法呢?

为什么它们不能混合在一起?

为什么我会成为我家的孩子呢?

为什么我没做作业被发现了呢?

为什么会有战争?

为什么古时候的人要扎发髻呢?

为什么我家的炒饭这么难吃?

为什么肚子会饿?

为什么不能消除欺凌现象?

如果想要寻找 "为什么" 的答案，就需要去 "思考"。
而在这个时候,你就需要运用你曾经学到的各种知识了。

在学习这件事上也是同样的道理。

试着把头脑中的想法说出来吧，
试着把将来的打算、
在电视里看到的新闻
和最近着迷的事情，
都告诉朋友。

也许朋友会说："我也这么想。"

也许朋友会说："我不这么想。"

今天的电影哪里
最打动你？

小皮去世
的时候！

小武被猫咪
踩到的时候！

看到小七的车子
是"PCV-8508"
的时候！

试着把头脑里的想法写下来吧。

例如，你要是特别喜欢一部动画片，

就思考一下喜欢哪个情节、为什么喜欢，然后把这些转化成文字。

是喜欢里面的主人公吗？

还是喜欢它的绘画风格？

还是故事情节？

还是世界观？

还是主题曲？

还是配音演员？

嗯……

我该怎么办才好呢？

我喜欢巧克力、青蛙和轮胎。

嗯……

与其说"我喜欢4组的高木"，还不如说"我喜欢高个子戴眼镜的男生"。

你可以尝试把头脑里混乱的事情用笔记下来，

这样信息就比较容易整理。

把整理出来的信息

粘一粘、连一连、换一换，

或许会有意想不到的发现。

不过，也许什么发现也没有。

你每天都学习很多词汇和句子。

小时候，你只会哭，

现在，你应该能够告诉别人自己为什么哭了。

你还学会了在什么样的情况下该说什么样的话。

好像被夸奖了？

不过，

比起一年级的时候，

你的确记住了更多知识，

也经历了更多事情。

我和从前
的自己不
一样了。

虽然这些变化是理所应当的，

但你依然可以为自己喝彩。

当然，你还是会有生气的时候。
被迫做不想做的事情时，
明明不愿意，
却不知道怎么表达自己的想法。

心里面，
身体里面，
好像有火在烧。
你想喊叫，
你想咬人，
你想打架……

你觉得这样的自己很可怕，你忍不住想哭。

怎么做才好？你也不知道。

答案在哪里？

在电视机里吗？

在网上吗？

只有我不知道吗？

大家都知道吗？

不知道会怎样？

完全没有头绪。

如果到了无计可施的时候，
选择逃避也是可以的。

并不是说，你必须解决遇到的所有麻烦，
平复愤怒和悲伤的情绪才能往前走。

你意识到自己做不到的时候，
你感觉到自己做不到的时候，
不要钻牛角尖，暂时逃避一下也是可以的。

帮助你做出这个决定的
是思考。

只做会的题目，
不就好了吗？

看，无论怎样，
总会找到解决方法的，对吧？

爬一会儿休息一会儿，
这样登山会很快乐。

急匆匆登上山顶的话，
既孤独又没意思，
对身体也不好。

慢慢地、慢慢地，长大就好。

虽然不能一直是个孩子，但并不意味着成为大人，就一定要放弃孩子气的一面。

其实，奶奶内心深处还是个孩子。

要对大人保密哟！！

慢慢地、慢慢地，
一边思考一边长大就好。

在不断思考中成为大人。

有成熟的一面.

也有孩子气的一面.

你想成为那样的大人吗?

童年，一生只有一次。
只属于孩子的快乐有很多。

我有

很多让自己快乐起来的方法。

帮助老奶奶

骑自行车
环游世界

寻找稀有的
蘑菇

学着弹
吉他

偷偷藏起来

想象自己变成树

建造西瓜虫的
"博物馆"

发明新式点心

玩叠罗汉时，成为最
下面那层的人

一周只吃
咖喱饭

成为宇航员

尝试织围巾

野上晓：创作这本绘本时，我想到了自己童年的各种事情。那时，虽然希望自己早点儿长大，但也没有讨厌童年生活。那时，大人没有时间多过问孩子的事情，所以孩子也很少发牢骚。长大后，我成了儿童杂志的编辑，听到了孩子对父母和其他大人不满的声音。这些声音，都成了这次创作的素材。

田中正彦：孩子不是一个人在生活，会受到监护人和社会的强大影响。不过，孩子即使对大人有不满，也会设法寻找使自己开心的事情，用心经营兴趣爱好。孩子天生具备这种能力。所以，我一直在思考怎么做才能让这种能力变得更加强大！而思考就是培养这种能力的土壤吧。

野上晓：我和田中正彦先生经过多次讨论，在确认了大致框架之后，吉竹伸介先生加入了我们的队伍。于是，我们一下子找到了明确的方向。吉竹先生描绘的孩子和大人的动作、表情启发了我，我的文字也有了很多的变化。读文字与看图画有着不同的乐趣，吉竹先生的图画激发了我的创作灵感。

田中正彦：在与吉竹先生的合作中，我时常感到他的想法与众不同。吉竹先生有时会以画中孩子的口吻和我或野上先生开玩笑，讽刺大人的想法。这种一来一去像投球游戏一样的思想碰撞，真的很有意思。接受对方的想法从而促使自己心中产生新想法是一个美妙的过程。思考这件事，听起来好像是一个人独立完成的，实际上是一边和他人交换意见，一边深入内心求索。虽然读书一般都是一个人做的事情，但是我希望小读者与朋友、父母和老师一起读这本绘本，然后交流一下读后感。这样一来，小读者一定能发现和大人在想法上的差异。从这个角度来说，这本书和以往的绘本有所不同，我希望大家把它作为促进思考的工具。这将是一个愉快的过程。书中我们保留了吉竹先生的意见，他独到的见解激发了我们对这个主题更多的想法。

Kangaeru Ehon 6. Kodomo-Otona

Text copyright © 2009 by Akira Nogami, Hiko Tanaka

Illustrations copyright © 2009 by Shinsuke Yoshitake

First published in Japan in 2009 by Otsuki Shoten Co., Ltd., Tokyo

Simplified Chinese translation rights arranged with Otsuki Shoten Co., Ltd. through Japan Foreign-Rights Centre/Bardon-Chinese Creative Agency Limited

Simplified Chinese translation copyright © 2024 by Beijing Science and Technology Publishing Co., Ltd.

著作权合同登记号 图字：01-2021-4784

图书在版编目（CIP）数据

长大的烦恼 /（日）野上晓，（日）田中正彦著 ；（日）吉竹伸介绘 ；林静译. — 北京 ：北京科学技术出版社，2024.3

ISBN 978-7-5714-3251-5

Ⅰ. ①长… Ⅱ. ①野… ②田… ③吉… ④林… Ⅲ. ①儿童故事 – 图画故事 – 日本 – 现代 Ⅳ. ①I313.85

中国国家版本馆CIP数据核字（2023）第190910号

策划编辑：荀 颖	电 话：0086-10-66135495（总编室）
责任编辑：张 芳	0086-10-66113227（发行部）
封面设计：沈学成	网 址：www.bkydw.cn
图文制作：百色书香	印 刷：北京博海升彩色印刷有限公司
责任印制：李 茗	开 本：787 mm×1092 mm 1/20
出 版 人：曾庆宇	字 数：25千字
出版发行：北京科学技术出版社	印 张：2
社 址：北京西直门南大街16号	版 次：2024年3月第1版
邮政编码：100035	印 次：2024年3月第1次印刷
ISBN 978-7-5714-3251-5	

定 价：45.00元